새로 시작했어

사과꽃 현대시 1

# 새로 시작했어

## 신현림

사과
꽃

# 自序

우리는 수천 년간 기록될 세계전쟁 속에 있단다. 전 세계 시스템
이 통째로 바뀌는 문명대전환의 시기. 20%만 보이는 상상초월의
세계 전쟁이며, 좌우 진영 너머 영적 전쟁이다. 그래서 영적인 각
성, 옳고 그름에 대한 분별력과 빠른 정보와 대처가 운명을 결정
하는 시대다. 예전의 생각으로 살다간 큰일 난다는 뜻도 된다. 전
쟁 무기가 바뀌었다. 상식 국익 사랑뿐인 나는 같은 국민끼
리 다른 세상을 살아 충격받고, 오래 아팠다. 그리고 참 많이 공
부했다. 오직 본질만 보자. 자유시장경제와 생명만. 여기서 우리
는 반드시 서구의 DS를 알아야 한다. 우리가 배운 지식이 엉터리
며, 같은 민족끼리 헛 싸움질을 했음에 경악하리라. 음모론으로
보든 아니든 충격적이라 수 천년간 기록될 첨예한 시대 정보를
접하며 매일 놀란다. 그래서 세계 전체 큰 틀을 보며 시집을 꾸
려봤다. 나는 신본주의자로 선한 세계의 위대한 힘을 나만의 목
소리로 증거하고 싶다. 일상의 경이로움과 인간애, 그리고, 사랑
과 가족애의 소중함을 다뤘다. 시집 중 후반부 시들은 첨예한 시
대 문제를 나만의 감성과 깨달음으로 그려갔다. 이 시집으로 시
대 각성과 위로, 실용적 처방, 새로 시작할 힘을 얻으면 기쁘겠
다. 자료 주신 태원통신, 발문 써주신 한재현 기자, 한성운 시인,
내 시를 작곡 노래한 상준님과 SNS와 유튭 친구들 그리고 사랑
하는 딸 서윤, 여동생 현주와 식구들, 하나님께 감사드린다.

새 문명 시작 길 위에서. 2023 서촌에서 신현림

# 차 례

## 1부  새 문명의 해가 뜨는 저녁

물병 속에서 해가 뜬다    13

봄 커피 ―얀 티에르센 선율을 따라 뭉크        14

바람 부는 까페 정류장        15

새로 시작했어        16

알렉스 카츠의 위로        18

놀라운 지구 북        20

모든 지식이 엉터리였다        22

설탕눈이 내리는 저녁        23

천사를 잃은 시간의 슬픔        24

슬픔과 잘 지내는 법        25

일어서는 대한민국        26

커피향처럼 끌려요        27

젊은 친구들이 좋다        28

기운 내, 나를 다독이며        29

내일 일기 예보        30

여행 달걀을 안고 춤추다        31

아슬아슬한 통장        32

설탕 눈보라        33

핸드폰 사진함        34

소금 눈보라        36

외롭고 슬퍼도 일어섭니다        37


## 2부  눈물로 커피 끓이는 사람

당신의 눈물로 끓인 커피        41

당신을 닮은 코끼리        42

어떡하면 좋아        44

우중충한 게 싫다        45

오랜만에 남자를 생각했다        46
로션냄새        48
썸 타는 당신        49
곰곰이 생각하는 시간        50
서로 격려한다        51


**3부  가족이 준 봄날**

몰입 향        55
딸 바보 엄마 −사랑하는 딸 서윤에게        56
엄마는 푸르스트처럼 칩거해서        58
식구들과 어씽 −맨발로 땅을 걷는다        59
고흐에게 테오가 있다면 −사랑하는 아우 현주에게        60
가족이 준 봄날        63
뭉치면 사랑언덕, 사랑주먹        64
우리는 함께 있어요        65
일본의사의 충격고백이 충격        66
혹시나 아프면 먹으라고        67
빵 굽는 시인        68
메모 파워건전지        69


**4부  죽은 척 하고 숨어 산 유명인들**

그들의 마케팅        73
죽은 척 하고 숨어 산 사람들 −설탕눈이 내리는 저녁·3        74
존 레논의 소신 발언        76
이토록 즐거운 충격        77
케네디대통령이 Q를 연주하다        78
당신은 이제 알까        81

쉬어가는 시 정거장          82
은은한 기린/ 노을 커피처럼/ 꿀이 아니야/ 내 트렁크/ 솔로 라이프/ 멸콩만큼   소금이 절실해/ 일론머스크의 말 되는 소리/ 아픔 공장/ 전기차를 묻다/ 천천히 미쳐가는 감방/ 세뇌식초/ 공부 안하고 딴소리없기/ 어쩐지,사피엔스/ 무신론과 우생학이 빚은 비극 덩어리/ 마르크스는 누구야/ ㄴ치가 부활했네/ 기후 변화 어젠다 커튼 뒤에 누가 있습니까?/ 공감/ 하이브리드전쟁/ 프랑스 유명여인들이 자른 머리칼/ mbti/ 다시 만든 평생 연령 기준/ 무지함은 만악의 근원이라/ 네세라 시대다 솥이 끓는다


**5부  거대한 깨달음의 메아리**
알루미늄 구름          97
충격의 총소리 5년째          98
지구는 그들 놀이터였나          100
설탕눈이 내리는 피난처          101
잘 산다는 것          102


**6부  어항 속에 사는 사람**
어항 속에 사는 사람          107
이불 속 놀라운 피난처          108
당신이 좋아하는 냄새          109
그들이 탐내는 한국케익          110
충무로 가는 길          111
영적 디지털 전쟁기차          112
소금눈이 내리는 약병          115

## 7부  세상이 뒤집혔다

뒤집혔다          120

희망폭죽 터졌다          121

태양 꽃 사람          122

기어이 설탕눈이 내리는 피난처          124

눈보라치는 시간          126

미소를 가득 담아          127

마이너스 인생          128

메드 베드          129

자유 사랑가를 부르며          131

내일은 빵가루보다 맛있는 햇빛          132


## 에필로그

수천 년간 기록될 충격적인 시대 속에          134


## 발문

새 문명 '자유의 길'로 이끄는 변혁의 시 −한재현          137


## 신현림 여러 시집들의 시평들          143

# 1부
## 새 문명의 해가 뜨는 저녁

# 물병 속에서 해가 뜬다

오늘은 가는 곳마다
스르르 문이 열리고
스르르 바람이 불고
스르르 해바라기처럼 웃으며
사람들은 서로 포옹을 한다

당신이 선물 준
한강 물병이 이뻐서
나는 보고 또 본다
물속에 비친 오래된
한 문명의 언덕이 붉게 저물고

새 문명의 해가 뜨고 있었다

# 봄 커피

−얀 티에르센* 선율을 따라 뭉크


커피가 출렁이네
커피 속에 아침노을이 물드네
달콤한 하루를 시작하네
천천히 배가 떠가듯 평화롭게

사람이 얼마나 부서지기 쉬우며
인생이 얼마나 길면서, 짧은 것인지
봄 커피가 출렁이네
봄 바다가 우네

사랑할 시간이 없어
슬퍼할 시간이 없어
슬픈 일 따위는 다 잊혀지네
오직 사랑할 시간뿐 서로 아끼고
사랑할 시간뿐이네


*Yann Tiersen− Porz Goret EXTENDED

Inspired by edvard-munch

# 바람 부는 까페 정류장

나는 친구가 많기도 하고
어느 때는 텅 빈 까페다
오랜 친구도 처지가 다르니 끊기고
인연은 비바람처럼 가고 또 흘러온다
나는 외롭기도 하고
외로울 새 없이 일만 한다
가장 불행할 때도 있고
살짝 문만 열어도
해가 안겨 와 행복할 때도 많다
누군가 그립기도 하고 그리울 새 없이
내 손은 해와 어둠 사이를 오간다

오늘은 바람 부는 까페
창밖으로 지나가는
누구나 행복하길 빌었다

# 새로 시작했어

새로 시작하는 건 나 자신을 제대로 아는 거야
알을 깨고 나가듯 온몸으로 느끼고
온몸으로 나 자신을 아는 거야
그것은 사람이 뭔지 왜 사는지 깨닫는 거야
내가 잘못 안 지식, 슬픈 냄새
골병들게 한 이념 따위로 싸울 필요도 없이
제대로 공부하는 거야 역사를 제대로 알고
자유 시민의 가치를 알고 자유를 이어가는 거야
알 속에 고인 퀴퀴한 물을 버리고, 씻고,
바람에 말려 새로이 태어나는 거야

내가 할 수 있을 만큼만이 아니라
내 모두를 던져 모두를 얻는 자유를 위해
십 년만 참고 공부하고 일하면 앞은
두툼한 저금통이 될 거야 십 년 공들이면
나만의 꿈, 나만의 길이 열릴 거야
우리가 할 일은 끝까지 사는 것
구름을 가르고 떠오르는 태양처럼

# 알렉스 카츠의 위로

나도 실수할 때가 많죠
하지만 야구공 세게 날리듯
나를 마구 야단치지 않아요
비가 내리듯 살살 나를 달래요
비 내리는 카츠의 그림처럼 살살 달래요

나이를 먹는 건
실수를 줄여가는 거예요
하지만 나이를 먹어도
아픔이 줄어드는 건 아녜요
야구공이 구름이 되게
비 내리는 카츠의 그림처럼
부드럽게 아픔을 달래는 거죠

Inspired by Alex Katz Blue Umbrella 2, 2020

# 놀라운 지구 북

가운데 작은 북이 우리가 사는 지구래
우리 사는 지구 외에 177개가 있대
누가 믿거나 말거나 나는 끌리지만
평평지구설에 나는 끌려가지만
오래도록 내 곁에 아무도 없다가
177명이 몰려와 애인하자는 거 같아
나는 놀라 웃는다랄까

걸리버여행기의 거인국과 소인국, 아프리카 서쪽
아틀란티스가 진짜 있을 수도 있겠다
서로 오간 일이 있었을지도 모른다
우주나 진화론 뻥을 믿는 이가 아직도 많지만
뻥에 맞춰 세계 역사를 꾸민 그들이
사람들을 지구 밖으로 못 가게 했겠지만
저 돔을 뚫으려 송곳처럼 로켓을 쏴 올린다며
저 돔 밖은 하나님만 날으시는 곳

다른 대륙에 사는 이들은 뭐 하며 살까
지구인들과 뭐가 다를까 궁금해서
이 사진을 자꾸 두들겨 보고 싶다

Apple travel#10,begin afresh@Shin HyunRim 2023

# 모든 지식이 엉터리였다

욕조만 보고 바다인 줄 알았지
막시즘이 인간성 파괴이념인 줄 몰랐었지
맑스가 옳은 줄 알던 까막눈이 천지였어
온 세계에서 제대로 따져 공부하지 않았고
그들의 거짓 선동 물결에 먹혔단 얘기지
암흑시대로 배운 중세를 다시 공부하니
가난이 미덕인 인간미 넘친 자유 세상이었더라
정부도, 독재도 없고 서로 돕는 참세상이었다
우리는 멈춰 질문하지 않고
그저 바쁘게 달리기만 했더라
왜 사는지 모르고 바쁘기만 했어

*언론, 선거, 정치, 의료, 철학, 역사, 과학, 예술, 경제 등이 모두
거짓투성이였습니다 수년간 시민 대각성 기간이 필요했던 이유
입니다                          —그레잇어웨이크닝Q
*당신의 전 생애와 당신 이전 세대가 거짓을 배웠음을 극복하는
데 6개월이 걸릴 겁니다. 세계(행성) 전체가 다시 이어집니다.
당신이 알던 모든 시스템과 기술은 쓸모없어집니다. 많은 돈이
돌아옵니다                    —19대 부통령 존 F. 케네디

# 설탕눈이 내리는 저녁

설탕눈이 내리는 창밖에
그대들이 어른거려요
책과 음악이 가득한 피난처에서
언제 같이 차 마셔요

따로 소식을 못 전해도
그대들을 좋아합니다
잘 되기만을 빌어요

# 천사를 잃은 시간의 슬픔

천사를 잃고 나침반을 잃었지
옳고 그름을 보는 나침반을 잃고
의혹의 안경은 깨졌고, 사람들은
겁주는 회오리에 떠밀려 줄을 서 갔지

그저 바쁜 게 잘 사는 게 아닌데
뒤늦게 멈춰 돌아보니
완전히 달라진 세상 앞에서
우리를 가축 정도로 아는
사탄들이 있음을 몹시 아파했네
천사를 찾고 의로움에 굶주린 시간
DS*를 모르면 안 되는 세상임을 알아갔네

*Deep State의 약호―지구는 그들의 지배를 받던 메트릭스였
고, 기후조작, 전쟁, 전염병, 교통사고, 테러 등으로 언제든 인간
들끼리 싸우고 죽게 만든 숨은 그림자 세력으로 인류 적이란 얘
기가 음모설이든 아니든, 그들 아바타들이 죽거나 항전 중이거
나 영화소설 같은 현실이거나 아니거나  어둔 그물에 안 걸리고
살아남는 일, 서로 깊이 사랑해야 하는 일이 중요하리라

# 슬픔과 잘 지내는 법

우리 사이좋게 지내요 요즘은 당신보다 가짜구름과
사이좋게 지내는 법을 더 고민해요 당신이 안 보여서
슬퍼요 하지만 진짜 구름을 찢는 가짜 구름에 놀라
슬픔도 잊어요 기가 막혀 자꾸 웃어요

이 시대의 전쟁은 폭탄 살포와 독가스가 아니라 매일
먹는 음식과 약과 전염병 샷의 도미노식 파멸인가요
켐트레일과 전자기는 덤인가요 저는 자꾸 벌레처럼
작아져요 벌레 음식 계약한 회사 과자는 안 살래요

다 미쳐가요 도시락을 닫듯이 쉽게 관짝이 닫혀요 쉽
게 잊혀져요 따스한 곳에 당신이 있으면 좋겠어요 미
치지 않은 당신이 잘 보이게, 슬픔과 친해지려 해요
나는 자꾸 웃어요

# 일어서는 대한민국

함께 있는 고마움을 세며
여기서 어떻게 하면 행복해지나
가만히 생각해 봅니다

창밖으로 인왕산이 보이는군요
식탁 위에 생수와
쌀 한 봉지가 향기로워요
볼수록 사랑스런 파란 등잔
할미꽃처럼 지혜롭게 굽어지는 등잔
기도하는 사람으로 깨어나는 시간

해가 뜨는 빛 속에서
한국의 일어서는 허리가 보입니다
그 허리 일으키려
당신을 따르는 한국인들이
눈물겹게 아름답습니다

# 커피 향처럼 끌려요

지금 쉬고 싶은 마음이 간절해요
매일 축복 받을 수는 없지만
그래도 축복에 커피 향처럼 끌려요
갖고 싶고 마시고 싶고 향기 맡고 싶어요
그러면
감사 인사와 사랑의 미소를 먼저 주세요
두 배 커지는 "사랑해"
사과꽃 피는 인사로
사랑이 두 배 커지는 건 아시죠
좋은 습관이 되게 사랑의 인사를 합니다
서로 배려하는 마음을 잃지 말아요
각자의 방과 시간도 꼭 필요해요
변화와 성장 시계를 함께 마련해요
다툴 때 아무리 화가 나도
영영 끝내는 말은 참으세요
사과할 일은 반드시 "미안해"하면
피부까지 부드럽죠
애프터셰이브 로션보다 향기롭게
커피 향만큼 서로 축복 향이 되고 말죠

# 젊은 친구들이 좋다

젊은 친구들이 좋다
몸보다 젊은 생각을 좋아한다
깨어있는 정신, 옳고 그름을
제대로 보는 영적 눈매를 좋아한다
독수리만큼 예리하고,
지붕처럼 땅을 보며 굽어지는
겸손한 눈매를 좋아한다

나이 듦을 경멸스럽게 만드는
사탄주의자들에 놀라고 놀라는 시절
5년이 50년처럼 흐르는 격변기구나
5시간이 5분처럼 빨리 흐르는 인생
시대 흐름을 빨리 못 읽고
전체를 못 보면 쉽게 병들고 죽는 시대
자기만 보고 우리를 못 보면 더 외로운 시대

의혹하고, 거리 두고 보며
재빨리 움직여 자신을 살피고
독수리보다 담대히 영적 눈매로
세상을 굽어보는 젊은 영혼이 좋다

# 기운 내, 나를 다독이며

기운 내, 기운 내 나를 다독이며
나를 품어주는 내 방에 안녕
부드러운 실 같은 밤바람에 안녕
사이코 폭풍 위에 선 사람들이 아슬아슬해
어떻게 하면 더 많이 웃고 사랑하며 살까
어떻게 하면 더 신나게 일할 수 있을까
어떻게 하면 가축 된 느낌을 안 받고 살까
힘을 가지면 놓기 싫어 미치나 보다
사이코 호러엽기 냄새가 진동한다
자유에 맡겨야지 웬 겁박의 수갑인지
자연면역의 중요성과 주사 성분은 알려줘야지
돈 걱정 외엔 큰 걱정 없는 나날이 그리워라
사랑도, 우정도, 다 안녕
좋은 때나 만날 수 있겠지 안녕

오직 살아남는 일만이 중요해라
검푸른 심야의 바람
안녕~

# 내일 일기예보

혼자 사는 집이 양떼구름같이 늘어났죠
아기 울음소리를 패트 병에
담는 사람이 생기면 어쩌죠
바보라고 놀리진 마세요 제가 그럴걸요
반려동물용품과 노인 상품이 커지고,
젊은이가 황금처럼 귀해지는 시대
드론이 우리를 감시 하나요
비행택시, 비행 자전거의 개발 와우,
차 막힐 때마다 비행 택시를 타게 되다니
놀라와요. 하지만 계속 타고 싶진 않아요
전기차도 무서워요 불나면 어떡해요
땅을 걷고, 버스와 열차 타고 싶어요
진공 열차, 첨단 기술 활용 중에
로봇을 잘 활용하는 콘텐츠가 중요하니까
이 순간만큼은 아무 염려 없이
멍하니 오후 네 시의 해를 안고 있어요
멍하니 빈 저금통처럼 있는 날은
내일을 준비하는 날이에요

# 여행달걀을 안고 춤추다

창 너머 바위도 빛에 떠오르고
파도는 넘치도록 춤추니
얼마나 신나는 인생인가
내 방의 알들도 신나서 굴러다닌다
11년 50개국 다닌 여행달걀까지 열어보니
전체를 보는 사랑의 품이 커지고
나의 비관주의는 알껍질처럼 버려졌더라
아무 기대 없이 신나서 창밖을 보고
아무 고통없이 신나게 일만 했다
하지만 5년째 지인들과 생존 인사는
이상한 DS 세계를 깨닫고 퍼 나르는 일
나의 비관주의가 다시 살아날까 무서웠다

나는 매일 춤을 춘다
세계여행 추억달걀을 안고 춤을 춘다
DS가 무너지는 소식에 기뻐 춤을 춘다
춤추면서 신나는지, 신나서 춤추는지
신나야 뭐든 잘 풀리니까
힘내려고 나는 춤을 춘다

# 아슬아슬한 통장

힘을 내보자꾸나 라틴어로
일하다는 고생하다,와
두 가지 뜻이 되듯이
고난이 기회가 되는 걸 얘기하네
고독의 구석 자리는 고요 속에
커가는 자신을 만날 수 있을 게야

햇빛이 은화처럼 쏟아지는 기쁨에
7천 원짜리 김치백반이
7만 원의 기쁨으로 다가오고
훈훈한 입김이 서리는 유리창
그 너머에 펼쳐지는
아침 세상을
사랑스럽게 맞는 거야

# 설탕 눈보라

구슬픈 눈보라가 부네
다시 눈을 뜨니
설탕 눈보라가 보이네
우울했다가 해를 바라면
웃는 당신이 보이네
어디서나 너무 가라앉거나
심각하지 말자고 다짐하네
조용히 손과 발을 움직이면
나빠지지 않고 분명 좋아지네

미리 내일 방패를 준비하고
한 달을 일 년처럼 사네
설탕 눈보라가 휘날리네
봄날에 설탕 눈이 내리네
시원 달콤한
내 향기 창가
웃는 당신이 보이네

# 핸드폰 사진함

늘 찍던 구름과 사과가 아니라
책 홍보 영상과 일상 사진이 아니라
이상하고 나쁜 법안 막는 일들로
내가 낡아버린지도 모르게 낡아가네
슬퍼할 새도 없이 하루가 가고
경복궁 서문 뜰에 앉아 쉴 틈도 없네

프랑스도 마찬가진가 보네 단 한 번도
성공 못 한 사회주의 세상의 비극이네
소피 마르소, 브리지뜨 바르도는
깨어있는 지성였네
'자기 영혼과 양심에 책임져야 한다'
소피 마르소, 그녀가 더 예뻐 보였네
87세 브리짓바르도의 DS인
마크롱을 비판하는 투철한 애국심과
강제 정책 거부하는 분별력에 공감했네
낡아가도 튼튼한 면 이불이 생각났네

나의 면이불보다 푸른
소피와 브리짓 하늘을 보며

사람들에게 질문해 보네
그대는 왜 눈치를 보는가
왜 당장만 보는가
바른말 하는 게 뭐가 힘든가
지금 뭐가 중요한가
늘 찍던 구름과 사과가 아니라
독쾜~~~에 지워진 구름을 보면서
아파가는 몸을 추스르면서
핸드폰보다 작아진 희망을 부풀려보네
작은 핸드폰보다
든든한 구름을 불러보네

# 소금 눈보라

내 사랑하는 나라,
내 사랑하는 한국인
서로 마지막 인사가 돼도
소금 눈보라를 부르네
수많은 가짜 속에서 진짜를 찾기
수많은 고뇌의 호두껍질을 깨고 빠르게
호두알을 캐내는 똑똑한 손길
영혼의 겨울 속에서 꽃을 피우는 손길
좋은 일은 서두르자~

얼마나 하고픈 일이 많은지
영혼의 겨울나기는 추울 줄을 모르네
방패를 갖고 흐름을 알고 내일을 준비하기
숨은 미친 쇠사슬을 느끼고 싸워 자유롭기를
방패 없는 그대 슬픈 창 앞에서
소금 바다를 부르며 노래하네
나는 자꾸 그대들을 뒤척이게 하네
매일 펄펄 태어나길 비네

# 외롭고 슬퍼도 일어섭니다

빛의 열매는 모든 착함과
의로움과 진실함에 있느니라
—에베소서 5장 8~12

기도하지 않을 때조차 누구나
기도하는지 모릅니다
하는 일마다 눈사람 녹듯 슬퍼서
잠잘 때도 기도하는지 모릅니다

사람들이 모인 곳에는
녹지 않는 눈사람처럼
당신 사랑의 기운이 강합니다

힘들고 고단할 때마다
당신 곁에 간절한 기도문을 놓아둡니다
어디서나 당신을 느끼려 귀를 열고
마음을 열어 놨습니다
사방 다 막힐 때도 꽃이 피고
새가 울고 비가 내리고
당신을 느끼려
희망 창문은 다 열어 놓습니다

2부
눈물로 커피 끓이는 사람

## 당신 눈물로 끓인 커피

당신 눈물로 끓인 커피라 아프고 따스해요. 잊을 수 없어요. 보고 싶어요 우리, 사과 속에서 만나요 해사과 속에서 작아져도 미리미리 방패를 만들어요. 방패가 우리 목숨을 지켜주고, 어떤 슬픔도 넘어설 착한 힘이 생기죠 그 착한 분별력으로 숨결, 바람결, 물결을 어루만지면 나를 너머 우리는 행복해지겠죠 이곳엔 갤러리도 있어요 당신 슬픔 한 점 걸어두면 어느새 다시 살아나는 당신이 보일 거예요

# 당신을 닮은 코끼리

코끼리가 거대한 물풍선처럼 부풀다 터질 것 같아 사
랑에 빠지든, 돈이 없어 주머니에 먹구름이 가득하
든, 성공의 연을 날리든, 언젠가 터지던가, 쭈글쭈글
해지거나 텅 비는 게 인생이겠지 일이 잘 풀리면 깨
고 싶지 않는 꿈처럼 푹 빠져 나오기가 싫겠지
일이 안 풀려도 지치지 않는 법, 놓을 때 놓는 법 비로
소 행복해지는 법을 알면 습관적인 욕심이 얼마나 어
리석은지 알겠지 중세의 땅은 잘못 알려져서 그렇지
지금보다 좋았다지 코끼리의 두려운 눈빛은 나와 닮
아서일까 앞으로 더 무거운 일이 생기면 어떡하지 그
래도 여기서 새로 시작할 수 있을까

Hieronymus Bosch(1450~1516) 새롭고 강력한 상징의
세계를 만들어 사람의 어리석음과 나약함등을 보여준다

# 어떡하면 좋아

보온병이 되어줘 나는 물이 될 테니까
딱딱한 쿠키 같은 몸이 부드러워진다
유기농 밀 빵처럼
너의 사랑도 부풀어간다
따스한 에피타이저처럼
설레는 손길
일에 지치거나 불안할 때
사랑으로 위안받고 싶어
끌어안고 엉망진창 뒹굴고 싶어

어떡하면 좋니
너는 맨날 꿈만 꾸는구나
사랑하기 힘든 시절인데 ㅋ

# 우중충한 게 싫다


길이 물미역처럼
미끄럽고 쓸쓸해도
혼자라서
몰입할 수 있는 거야
영혼의 옷깃 잘 여미고
결심해
지치지 않겠다고
결심해 공부하겠다고
자기를 지키는 공부
사랑할 공부도 하겠다고

웃어,
춤춰,
달려,
삶 속으로 뛰어!

# 오랜만에 남자를 생각했다

방석 같고, 문방구 인형 같아
자칫 깔고 앉을 것만 같고
접어서 여행 가방에 넣고
떠나야만 할 것 같아

오랜만에 남자를 생각했다
나도 저리 껴안을 이가
앞으로 있기나 할까
여행 가방에 나든 그든
넣고 떠날 수 있을까
후후

inspered by Haruhiko Kawaguchi

# 로션 냄새

당신이 문을 열었을 때
꽃나무가 걸어오는 줄 알았어요
몹시 향기로웠어요.
화장품에는 포름알데히드, 벤젠,
콜타르, 페릴렌디아민…
이토록 나쁜 게 들었어도 말이에요
당신이 바른 로션이든
밀가루 팩이든 다 좋아요
그래핀 코팅제품*만 빼고요

당신을 만드는 건
내 인생을 향기롭게 해요

*새로 안 사실−파운데이션 가루 실험 중에 그래핀으로 코팅된
금속과 나노입자가 뇌에 스며 두통, 종양 등 심각해질 위험으로
꼭 테스트를 한 게 좋대요 여성은 평생 약 10파운드의 립스틱을
먹습니다. 다채로운 GMO 식용 색소는 독소 스키틀즈가 있어
먹기에 위험하죠

# 썸 타는 당신

집도 사람도 떠나면
한 달 내에 서까래가 무너지는데
꽃도 누가 안 보면 금세 시들지요
뭐는 안 그렇겠나요
생각하고 그리워하는 것만으로
또 다른 내가 되어 좋은지 몰라요
빈속에 맥주 한 캔을 마셔도
내 몸이 연처럼 날아가는
또 다른 내가 좋아요
썸 타는 사람과 큰 유리창 앞에서
차 마시는 상상만 해도 좋아요

바보 아냐, 라고 말하는 그대를 나 또한
비웃으며 인간적으로 좋아합니다

# 곰곰이 생각하는 시간

곰곰이 생각하며 곰처럼 일하기
책을 보는 곰, 음악을 듣는 곰
잘못 살아온 듯 슬픈 곰
통장 잔고 보는 곰, 빵 만드는 곰
토스트에 버터와 다진 마늘 섞어
토스트를 굽듯이
하루라는 빵에 음악을 발라 먹는 일
그나마 이 시간이 제일 달콤해

잘못 산 듯 슬퍼도 새로 시작하는 곰
새로 일하며 당신 생각하는 곰
그나마 이 시간이 달콤해
255초 동안 로드 스튜어트 노래
I Don't Want to Talk About It
I Don't Want to Talk About It

# 서로 격려한다

보리빵처럼 훈훈한
성공만을 바라지는 않지만
가장 아프고 충격적인 시대지만,
옷깃 여미듯 영혼을 잘 추스려야겠지
이 시대 비밀을 캐내고 놀라면서
내일을 준비해야겠지

이 추운 시간을 같이 이기는 거
공부하고, 맑은 물을 나르다 보면
괴로운 바다는 흰 소금밭이 되겠지
서랍장을 관짝으로 알고 누웠다가
나오듯 다시 살아나는 거

반드시 선이 악을 이기도록
우리는 서로 격려한다
서로 곁을 지키며 광화문을 지난다

3부
가족이 준 봄날

# 몰입 향

마음 비우고 그냥 하는 거다
하다 보면 몰입 향이 운명을 이끄니까

꾸준히 일하면 몸도 가벼워지잖아
벌어진 가방처럼 크게 웃는 때가 오잖아
매일
새로 시작하는 거야

# 딸 바보 엄마
−사랑하는 딸 서윤에게

딸의 웃음소리에 나도 웃고
딸이 기쁘면 나도 기뻐
딸이 슬프면 내 얼굴은 붉게 젖고
딸과 다닌 그 먼 여행길마다
부드러운 목화꽃 구름을 안은 시간이
이제 거울이 되어 비추는구나
거울이 물렁물렁해지도록 바라보며

더는 슬퍼하지 않아
슬퍼할 시간이 너무 아까와
다투는 시간이 더 아까와
다툴 때조차 딸이
좋았던 엄마인 건 알까

Apple travel#10,begin afresh@Shin HyunRim 2023

# 엄마는 푸르스트처럼 칩거해서

엄마는 마음 아픈 영화도 보기 싫단다
팀 버튼 전시 안 간다고 뭐라 하지 마렴
DS에 당한 듯 슬픈 그림도 못 견디지
악마가 진짜 있구나 놀랬지 여기저기
아픈 냄새 아픈 사람들을 위해 기도한단다
향수를 뿌려서 아픔을 지워주고 싶어

한세월 네 머리숱만큼 사람들을 만났단다
집에만 있다고 뭐라 하지 마렴
요즘은 혼자 노는 게 유행이야 후후
마르셀 푸르스트처럼 집안에 칩거해서
칩거, 란 애인밖에  없어서
네 나이를 지나와서 다시 갈 수도 없고,
가면 또 뭘 하겠니 후후

# 식구들과 어씽

## −맨발로 땅을 걷는다

땅에 닿는 맨발의 온기
땅에 닿는 맨발의 에너지
온몸으로 스며드는 해의 기운
지구라는 거대자석에 맨발을 대어봐요

사랑의 기운을 식구들과 잇고
맨발로 땅을 걸어요
지엠오 음식이 우릴 죽이는데 모르죠
모든 병의 뿌리는
낮은 체온, 낮은 산소래요
피흐름이 막힌 몸의 통증
아픔 감옥에서 탈출해요
맨발로 흙을 밟아요
맨발로 어씽
맨발로 어씽을

# 고호에게 테오가 있다면

−사랑하는 아우 현주에게


고호에게 테오가 있다면
신현림에게 현주가 있다고 말하곤 했지
여고 시절 언니와 다퉈 야단맞고
대문 밖으로 쫓겨날 때면 추울까 봐
옷을 갖고 나와 나를 챙겨 주곤 했지
가족 불화로 헤진 이불처럼 모두가 아플 때
해진 곳 다시 깁고, 깨끗이 풀 먹인
이불같이 만들었고 엄마 가시는 길 끝까지
엄마를 보살폈고, 내 딸까지 보살펴준 아우
떨어져 살아도 가깝고 그리운 아우
작은 물방울들이 만든 웅덩이처럼
자질구레한 염려거리가
큰 걱정으로 바뀌지 않도록 우리는
입장을 바꿔서 생각하는 게 중요하다 말했지

여동생은 내게 영적 스승이었다
헤르만 헤세를 좋아했던 동생에게
시에 대해 물었을 때

Apple travel#10,begin afresh@Shin HyunRim 2023

"시는 사람의 마음을 맑게 하여
태초의 순수한 인간으로 돌아가게
해주는 것 같아요"
지칠 때마다 골짜기 물이 되듯이
고흐에게 테오가 있듯이
내겐 사랑하는 아우
현주라는 아름다운 시가 있다

사람의 마음은
골짜기 물처럼 맑았는데,
고단하게 살면서
그 깨끗한 심성을 잃어버렸죠
하나님을 만나면 되찾아요
−신현주 어록 (기독교대안학교 쉐마 교장)

# 가족이 준 봄날

꽃 속에 파묻히고 싶은 봄날입니다
헤매던 시간 속에
내 페이스를 찾은 시간
형제, 자매가 준 꽃향기였습니다

하늘을 보면 구름부터 찾습니다
자전거를 타면 바람부터 찾고
이 시대 불안 버스를 타면
가족 얼굴을 찾습니다

# 뭉치면 사랑주먹, 사랑언덕

쓸데없이 기운 **빼는** 일을 줄여야 해
뭉치면 언덕만한 주먹이 되니까
무너지지 않는 사랑의 주먹이 지구니까
사람일 수 없는 진짜 악마들이 있었어
사탄들과 싸워 이기는 시간

힘을 아꼈다가 나라와 자신을 위해
해야 될 일, 꼭 하고픈 일을 하렴
오래오래 함께 살면서
사랑의 언덕을 가꾸고
살기 좋은 나라로 후손들에게
빛의 바통을 넘기자꾸나

*사랑하는 조카들―유진 윤호 예은, 노아 리브가, 하언에게

# 우리는 함께 있어요

꿈이 보이는 쪽으로 가요
홀로 견디기 힘든 분들 함께 해요

위로는 서로를 이어주는 비단끈이죠
외로울 때 함께 하는 마음비단이에요
살면서 사람에게 건네는 말
어깨를 감싸는 모포면 좋겠죠
어려운 이 시기를 함께 견뎌요
두려워 마세요 저마다
혼자지만 혼자가 아닌 가족이에요
피는 같거나 달라도
우리는 한 뿌리 꽃밭이죠
우리는 언제나 함께 있어요

# 일본 의사의 충격고백이 충격

솔직한 의사 얘기에 충격받아 전동드라이기처럼
떨리는 손으로 편집해 유튜브 영상을 올렸다

병원을 너무 자주 가면 빨리 죽는다
감기 걸렸을 때 항생제를 먹지 말라
면역력으로 암을 이길 수 없다
체중과 콜레스테롤을 함부로 줄이지 말아라
영양제보다 매일 달걀과 우유를 먹는 것이 좋다
술도 알고 마시면 약이 된다
염분이 고혈압에 나쁘다는 것은 거짓이다
커피는 암, 당뇨병, 뇌졸중 예방에 아주 좋다
아침형 인간이 되야 한다
지나친 청결은 도리어 몸에 해롭다
스킨 쉽은 통증과 스트레스를 줄여준다
입을 움직일수록 건강해진다
걷지 않으면 모든 것을 잃는다
독감 예방접종은 하지 않아도 된다
내버려 두면 낫는다, 라고 생각하라
넘어지지 않도록 주의한다
희노애락이 강한 사람일수록 치매에 안 걸린다
 당신도 암에서 예외일 수는 없다

영상 올리자 콘텐츠 위반 영구 삭제,가 떴다
조각구름으로 내 가슴이 흩어져 버렸다

# 혹시나 아프면 먹으라고

어디서든 깨어 살려 해요
어디서든 많이 웃고, 햇빛 받고,
흰신 따위 필요 없이 시계 소리처럼 똘똘하게
면역력 키워가요 피차 사랑하라,는 말씀을
생수처럼 마시며 사람들과 탐구합니다
탐구 시간만이 잃지 않는 시간이니
아팠다가 낫고 아팠다가 낫는
고난의 징검다리 인생
우리는 고마운 정보를
제비처럼 빠르게 나누며 살아요
혹시나 그 후유증에 아프면 먹으라고
당신께 메모해서 보내요

황칠나무, 청미래덩굴뿌리, 홍삼, 감초, 생강, 대추, 유기농 귤피,
번데기, 마늘 그리고 스파이크 단백질 분해하고, 자연면역 5배
증가는 집에서 만든 된장 청국장 젓갈이 좋죠 계란 노른자도요
매일 비타민 C가 많은 고추를 된장에 찍어 드셔도 좋아요— 나
또, 와사비는 혈전 부셔버리고, 새 혈전 막아요 어성초, 뽕잎, 녹
차, 율무, 감초는 염증에 좋아요 뜨거운 파인애플 물/ 에시악 —
수많은 암 환자를 고친 항암제래요

# 빵 굽는 시인

마악 빵 냄새가 났다
바다가 출렁이고
등대불이 켜지고,
서로가 품속에서 봄이 되었다
길가 꽃망울이 터져 향기롭고
처음의 설렘을 안고
시는 빵 속에서 익고 있었다
빵을 만들고부터 느끼는
새로운 인생, 하나님의 시선

빵 속에서 불이 켜지고 있었다

# 메모 파워 건전지

메모할 때마다 내 머리는 건전지가 된다
메모 파워 건전지
힘든 일이 터질 때마다
슬픔이 줄게 아득히 파워 건전지가 울린다
유튜브 8계정째 2700 구독자 계정 부서져
메모 파워 건전지는 몸부림친다
몸과 맘에 끌리는 글이면 더 멀리까지 떨린다
내 생의 잠언에 떨며 하늘을 우러른다


신현림 잠언~~제대로 보려면 멀리 전체를 보자/ 남 탓을 말자/
불행은 행복의 뒷면이니 새로 시작하자 /걱정할 시간을 줄이자/
머리가 나쁘면 자꾸 속자/ 될 때와 안될 때의 대처하는 힘을 키
우자/ 꾸준히 하자 꾸준함을 이길 자는 없다/ 있는 것을 세어보
고 감사하자/ 동네를 나가도 이쁘게 입자/최고의 파워 건전지는
인내심이다/ 3류들이나 하는 질투심은 부숴버려라 /최선을 다
한 후 하나님께 바통을 넘기자/ 내일은 내일의 새가 운다/ 행운
이 오게 준비 능력을 잘 키워가자

4부
죽은 척 하고 숨어 산 사람들

새로운 시대가 온다
새로운 태양
새로운 시작
새로운 조직
새로운 정부

Join: Mr Pool

# 그들의 마케팅

전쟁도 마케팅이구나 난 몰랐어
혁명도 약탈자의 돈 벌기였어 난 몰랐어
민중이 이용당한 게 세계사더라 난 몰랐어
ㄹ家가 레닌의 혁명의 자금을 댔고
공산혁명과 전쟁의 자금이 그들 건지 몰랐어
레닌도『제국주의론』에서 사악하다는 ㄹ가문을
유럽 최대의 자본가라 했고, 같은 혈통이었어
6·25 전쟁도 그들의 마케팅였다며
좌우 싸움 붙여놓고 둘 다 맛있게 써먹는 거
충격에 떨던 몸이 과자처럼 부서질 거 같아
악마의 마지막 광기에 우리가 깨어나야
신께서 우릴 건져 주실까
민중은 늘 키친타올처럼 버려지기 일쑤였지
이토록 삶이 치즈처럼 얇은 줄 몰랐어
이토록 대비 못 하면 약할 줄 몰랐어
이토록 이기는 전쟁이 처음일 줄 몰랐어

# 죽은 척하고 숨어 산 유명인들

−설탕눈이 내리는 저녁·3

목숨을 잃을 수도 있어서 그들은
진실지도를 보여주지 못했어요
말하기는 더욱 어려워 죽은 척을 했어요

존 레넌, 지미 헨드릭스, 밥 말리, 제임스 딘, 이소룡,
제니스 조플린, 나탈리 우드, 다이애나비, 퀸의 프레
디 머큐리, 로빈 윌리엄스, 짐 모리슨, 커트 코베인,
패트릭 스웨이지 그리고 더 있죠 밥 조이스,란 필명
으로 목회 일을 하는 엘비스 프레슬리 외 문화계의
고발자는 악과 싸웠죠 스티브 잡스도 살아 있대요
노예 되길 거부하고 미군의 보호 속에
죽은 척하고 피신해 살았어요
케네디 가 사람들도 다 살아 있어요
믿든 안 믿든 자유니까, 내게 시비는 걸지 마요

살아주셔서 고맙습니다
제 가슴에 설탕눈이 내리도록 기쁩니다
제가 만든 빵과 커피 한 잔 드리고 싶어요
창밖에 설탕눈이 내리네요

Apple travel#10,begin afresh@Shin HyunRim 2023

# 존 레넌의 소신 발언*

해도 구름도 안 보이는 시절
검은 묘비가 눈앞에 떠다니는 시절
사람들이 꼭 알았으면 해서 알리는 마음
충분히 이해해요
존의 이매진이 다르게 들리는 건
그들 으름장에 지쳐 숨어 산 로빈 윌리엄스처럼
그들 으름장에 레넌도 오죽하면 다 접었을까
"국가가 없는 걸 상상해봐요
…소유물이 없는 곳을 상상해봐요"

단일국가 꿈인 그들 얘기예요
강제로 썼나, 우연히 겹쳤나
미군의 울타리에서 존은 해와 구름도 봤겠죠
하지만 팬을 잃고 검은 묘비가 떠다녔으니
얼마나 마음이 아팠을까요

*우린 미치광이들에게 지배당하고 있어요 어떻게 무엇을 하려는지 사람들이 꼭 알았으면 좋겠어요 당신은 그걸 모르고 있는 거죠 뭐가 미쳤다는 거야? 이러고 있겠죠 1968년 인터뷰−존 레넌은 세계인을 움직이는 미국 대표 가수입니다

# 이토록 즐거운 충격

마릴린 먼로와 케네디는 서로 깊이 사랑했다
먼로는 케네디 아들, 마이클 플린 장군을 낳았고
연합군의 일원으로 연기중인 멜라니아는
러시아 로마노프왕의 손녀이며 푸틴의 와이프였다
마주본 둘 만의 눈빛만 봐도 부부였다
트통은 다이애나비의 목숨을 건졌고
사랑에 빠져 아들 배런과
손녀로 알려진 아라벨라를 낳았다
그들과 싸워 이기려 숨기며 살았다
케네디 주니어의 위 인텔을
당신이 믿든 말든 경악의 회오리바람 속에서
나는 웃는다 양모목도리처럼 부드럽게 웃다가
한국서 보기힘든 인연의 에드벌룬이라
부러워서 나는 외친다 트럼펫보다 뜨겁게
한 번뿐인 인생 뭐가 두려운가 뭐가 겁나는가
용감하게 질러버려 다들 눈치 보지 말고

# 케네디 대통령이 Q를 연주하다

그들 천년의 꿈, 세계 단일화
정부를 꿰뚫어 본 케네디였죠

저마다 가질 가방을 잃고
저마다 가질 기쁜 집을 잃고
저마다 가질 목숨도 잃을 거라
미군의 손길 속에 죽은 척을 하고
그레잇 어웨이크닝 Q를 이어갔죠
링컨 대통령 때 만든 Q였죠
사람이 가축이 되지 않게
케네디 대통령은 트럼프를 연주했대요
케네디 아들 2세는 연주를 도왔겠죠
그 가락 따라 검은 모자들이 떨어지고

하얀 모자들이 춤추며 하늘을 날아요
와우, DS 카발의 뱅킹시스템도 무너져
화이트햇 자유연합군이 이겼어요
그레잇 어웨이크닝 큐 브라보!

Apple travel#10,begin afresh@Shin HyunRim 2023
케네디 대통령은 2021년 103세에 작고했다고, 케네디
주니어가 전했다

미국은 1871년 남북전쟁으로 진 빚 때문에 채무를 70년간 연장 조건으로 사람까지 "워싱턴 DC"라는 DS가 만든 주식회사였다 강제 귀속시킨 걸 케네디 대통령이 트통과 Q란 악기를 연주해서 주권 공화국으로 승리의 깃발을 올리고 있다 2021. 1. 14 미 군정체제로 세계 최초 딥스가 만든 노예국가를 자주 국가 공화국 미국으로 돌려놓은 이가 트통이다. 친부 패튼장군과 어머니는 DS에 암살당하고 아기 트럼프는 해군에 의해 구출되어 트럼프가에 입양됐다 이것이 DS와 싸우는 역사적 배경이다 "US달러"도 근래 공식 사망했다 금본위제로 통화가 움직이는 중이다 임진왜란, 한일합방, 6.25전쟁, 공산주의, 자본주의, 독재와 민주, 진보와 보수라는 이분법도 그들이 꾸몄단다 북한이 공산독재 체제를 끝내고 자유우방 국가로 편입— 가장 먼저 네사라 게사라를 발동 인민들에게 흰 쌀과 밀가루를 주고 인민들의 부채를 탕감해준 것이 트통이다 우리의 적은 그들인데, 다들 제대로 모른 채 그들 계략에 휘둘리고 있다 Q 작전은 링컨 대통령 때부터 DS의 부패를 폭로하며 시작되었다 한다

당신은 당신의 전 생애와 당신 이전 세대가 거짓에 불과했음을 배우게 됩니다 그것을 극복하는데 6개월이 들 겁니다 세계(행성)전체가 재연결 될 겁니다 당신이 아는 모든 시스템과 기술은 쓸모없게 될 겁니다 많은 돈이 돌아올 것입니다
—19대 부통령 존 F.케네디 2세

# 당신은 이제 알까

우리는 달콤한 것만 찾아
따스하고 이쁜 것만 찾아
나도 마찬가지야 하지만
5년 전 흐름이 이상했거든 구름결이
뻐꾸기 소리처럼 무거웠거든
내가 정치 관심이 지나쳤다는데
그게 아님을 이제는 알겠지
부정선거 3차 세계대전임을
정치가 우리 운명을 정한다는 걸
그들 서구 문명이 몰락 중인데 보이나
그들 그물 속에서 퍼덕이는 한국도 보이나
왼쪽 오른쪽 싸움을 붙여
득 보는 하수인은 누구일까
발아래만 보다 하늘을 못 봤던 건 알까
하늘 구름이 이상한 걸
천년, 아니 그 이상, 뚜렷이
240년 가까운 거짓 역사 속에서
70년 준비해 지구 단일국가 리셋ㄴ치DS며,
60년 준비해 지구 살린 어웨이크닝과 전쟁임을
알겠지 20%만 보여지는 전쟁, 이제는 알 거야

# 쉬어가는 시 정거장

## 은은한 기린

기린이 아로마 양초처럼 길다
오후 4시 햇살 속에서 은은한 향이 난다
우리가 잊은 건 이 은은함이 아닐까
은은한 미소로 당신이 정답게 대할 때
내 가슴은 뛴다

## 노을 커피처럼

제가 좋아하는 노을커피처럼
주님 말씀을 마시며
돈이나 제가 가질 것을 세는 것이 아니라
제 것을 세상에 나눌 것을 세어봅니다

Apple travel#10,begin afresh@Shin HyunRim 2023

## 꿀이 아니야

보고 맛볼 수 없는 꿀은 꿀이 아니야
꿈꿀 수 없는 삶은 삶이 아니야
깨어 살지 않는 사람은 사람이 아니야
아니야 딴 세상 사람이긴 해

## 내 트렁크

흐리고 비 내리는 날은
해를 쉬게 하고 비가 일한다
비가 쉬고 해가 뜨면 구름이 흐른다
내 트렁크에는
해와 비구름이 산다


## 솔로 라이프

다 잃고 나만 붙잡았다
나마저 잃고 비로소 나를 가졌다
하나님 주머니 속으로 싸악 들어갔다


## 멸콩만큼 소금이 절실해

저탄수화물과 저염식으로 사람이
눈발처럼 쉽게 꺼지는 걸 알았네
안 좋아하던 콩을 먹고 소금도 먹고
인생관의 지도까지 바뀌었네

3년째 감기도 안 앓고 건강이 좋아졌네
멸콩, 멸콩, 소금, 콩, 콩


## 일론 머스크의 말 되는 소리

"환경 문제는 인구가 많아서,란 말도 안 되는 소리
이런 선동은 인류를 지배하려는 속내다
인류에게 가장 큰 위험이다"


그들은 늘 지구를 통째로 먹고 싶어 하죠
수박 먹듯 먹으려 들죠 사람도 많다면서
수박씨처럼 먹고 뱉으려 하죠



## 아픔공장

'정치를 외면한 대가는 저질 인간들에게 지배당한다'
플라톤의 말처럼 정치를 외면해 겪는
아픔공장을 아세요 해를 안은 당신
아픔공장이 무너지고 있어요
그렇게 열심히 치료하더니 기뻐요
이제 악마들을 소우리에 넣으러 갑시다

# 전기차를 묻다

운전하지 않아도 불나고, 불나면 차 문이 안 열린 차
가 영구차였다 이것도 DS의 인구감축일까 불타는 음
악이 들려 엠뷸런스처럼 아픈 노래가 보여


## 천천히 미쳐가는 감방

사회주의는 공산주의 초입단계라
거짓과 사기가 전술이니 지켜보는 자도
천천히 미쳐가는 감방이 되죠
레이건 대통령 말에 제 귀가 끌려갑니다
공산주의는 경제 정치체제가 아니다 정신질환의 한 종류다
미친 새장 사러 가요 미친 다음 뭐가 있죠

> DS는 러시아 혁명으로 소련연방을 만들었고, 이 땅에 북한 공
> 산국가, 문화대혁명 뒤에서 중공을 만들었다 코뮤니즘은 유물
> 론이 나왔을 만치 사람을 물질과 가축 정도로 본다


## 세뇌식초

오이가 식초에 푸욱 절여지듯이 세뇌됐어

아버지 세대부터 제 아랫세대까지 공산세뇌전술에
푹 절여졌죠 전술 따져봐요 당연한 듯이 상식이 된
게 기막히죠. 사람만 안 죽으면 코미디인데, MZ세대
는 세뇌껍질수구가 정말 싫대요 돼지껍질도 아니고,
껍질 못 벗으면 버려질 거예요

## 공부 안 하고 딴소리 없기

언어 혼란 전술로 헷갈려도 모두 대한민국 북한화죠
저야말로 이산가족 2세대로 고민 많았어요
이러면 어떨까요 북한서 살고픈 분은 북한 가고, 남
한서 남을 사람 남고, 양식장에 살던지 어항이나 바
다에 살던지 간단하잖아요

보안법 폐지= 연방제 = 김일성 갓끈 전략인 반미+반일
=평화통일=평화협정=자주국방=미군 철수=적화통일

## 무신론과 우생학이 빚은 비극 덩어리
공산주의,라는 정신질환, 지금 끝나가는 전쟁

## 어쩐지, 사피엔스

사피엔스 저자' 유발 하라리 왈,
"가장 큰 문제는 잉여인간useless people들을
어떻게 처리할 것인가다"
어쩐지 나치 전범 슈0의 고문였고
어쩐지 폐지 상자는 사피엔스를 좋아했다


## 마르크스는 누구야

가난 외투를 벗고픈 사람 마음을 이용했죠 자기 혈통
인 세계자산 90% 거대금융은 사기커텐으로 감췄죠
커튼 조각일 뿐인 부르조아에 총구를 겨냥했죠


## ㄴ치가 부활했네

마르크스가 DS 일ㄹㅁ… 혈통이고
히틀러가 DS 일ㄹㅁ… 혈통이고
일ㄹㅁ… DS는 사탄주의로
뼛속까지 빨간 코뮤니스트

DS를 알아야 이 세상 불행을 알고
더 큰 불행을 막는 데 신경 안 쓰니
좋이푸대처럼 풀썩 기운이 없어지네
DS ㄴ치가 70년간 부활했다 무너지네

## 기후 변화 어젠다 커튼 뒤에 누가 있습니까?

뱀보다 섬뜩한 이들이 있습니다
잔뜩 호명했다가 지웠습니다 주방 가서 밥해야 돼요
이는 곧 카발의 무너짐 부정선거 끝이 올 수 있겠죠

## 공감

얼마나 많은 '거짓말' 지식을 배우며
인생을 허비했는가 슬프군요
나도 당신과 같은 생각입니다
공이 되든 곰이 되든 비명이 나옵니다

# 하이브리드 전쟁

뭐가 무서워
바이러스를 무서워하는 네가 무서워
감축, 감축, 감축, 감촉을 없애는 게 사회주의였나

"바이러스는 인간의 삶에 꼭 필요한 존재입니다 지구상에 15만 종인 바이러스가 없다면 몸의 면역 기능은 사라지죠. 그런데 바이러스 없애자고 미쳐 난리죠 치명률이 높은 바이러스는 몸에 들어가면 죽고, 치명률이 낮은 바이러스는 전염은 잘 되도 몸에 큰 영향이 없는데, 왜 난리죠

AIDS등 여러 바이러스, GMO, 전자 조작 식품, 인공지진, 켐~~~, 핵무기를 만들어 우릴 벌레로 여기는 네오 ㄴ치를 얼마나 알까요 감축, 감축, 감촉, 감촉을 없애는 게 공산주의였나요 큭큭 사탄들은 부지런해 큭큭 기다려 큭큭 주길 넘들 근면상을 줄게


# mbti

후배 따라 해봤더니 나는 〈옹호자〉형으로 나왔다
세상에서? 제일 희귀하다는 타입이세요
희귀한 건 외로운 사막을 닮았는데

Apple travel#10,begin afresh@Shin HyunRim 2023

## 프랑스 유명 여인들이 자른 머리칼

"for the freedom"
비노쉬가 머리칼을 자르며 말한다
자유를 위해
줄리엣 비노쉬, 이자벨 아자니, 프랑스 유명 여배우
들이 머리칼을 자른다 퍼포먼스 영상을 3번째 본다
눈물의 금발이 흘러내린다

## 다시 만든 평생 연령 기준

유엔은 재밌어 인류의 단 하나 희망인 듯 물들이고,
지네들 노인 되니 나이 줄자를 다시 만드네
나는 계속 청년이네 후후
0-17세 미성년자/18-65세 청년/66세-79세 중년/
80세~99세 노년/100세 이후 장수 노인




## 무지함은 만악의 근원이라

깨달으면 마음은 부끄러움이 안 보이게
긴 튜브 속에 숨어 울리라

## 네세라 시대다 솥이 끓는다

무슨 말이지 모르겠지 모르면 모르는 대로
자꾸 보면 알게 되니까
참을성만 속옷으로 준비해
일루미나티 한 단체인, 공산당의 무신론과
루시퍼와 우생학이 만든 비극 솥뚜껑이 뒤집혔다
유럽 중심 세계가 무너진다 브릭스가 대세다
200개국 가까이 브릭스 회원국이 되어,
스위스 제네바에서 게사라 네사라로 뭉쳤다
모든 빛이 사라지는 네사라가 글로벌하게 가면
지사라래, 세금 없고 물가 안정되고,
연간 소득세를 없애고 이상한 세금 없애는 거

지구 솥의 피와 눈물을 빛의 강물로 바꾸려
하얀 모자들이 달린다 하얀 모자가 난다
멈춰, 멈춰, 세계 공산화 리셋이 멈춰간다

5부
거대한 깨달음의 메아리

# 알루미늄 구름

멈추지 않는 충격을 가로질러
멈추지 않는 슬픔이 자꾸 흘러내려
비행기 소리 나는 인왕산으로 달리다가
당신의 구름과
알루미늄 구름에 잠시 헷갈렸지
철조망이 자꾸 늘어나서
가짜와 진짜를 헤아릴
분별력을 키우느라

온몸이 지치고 우울해져
해바라기꽃처럼
고개 숙여 나는 운다

# 충격의 총소리 5년째

샘물에 넘치는 물을 다 마실 수 없고
하늘에 뜬 별을 다 셀 수 없고
세계 여행을 다녀도 다 못 보는 인생인데,
인류를 도탄과 주검으로
지구를 통째로 삼키겠단 그들 중 두 명이
스스로 신이라 말하는 인터뷰도 봤는데
교수형으로, 굴비보다 작아져 사라졌나
사라져도 바디 가면 투, 쓰리가 있다니

굴비보다 생생한 정보 서로 풀 때
모임 톡 방은 슬픔과 위로의
이야기들이 빗방울같이 흐르네

2차대전 때 살아남은
ㄴ치 전범과 그 가족들을 프로펠러가
미국으로 데려가 아이비리그
대학과 의료계 곳곳에 심었다지
기후재앙과 식량 통제로 주머니를 채우니

일론 머스크* 도, 어느새
자신이 달라진 이유가
그들은 인류를 증오한다는 것
그들 계획이 파멸 도마에서 춤출 때
오직 자유시장경제에서만이
주머니가 부푼다는 걸 나는 깨달았지

내가 있는 곳이 올바른 줄 알고
좌 우파 생각 없이 살아온 나도
프로펠러와 거대금융가가 돌리는 세상
인공 자궁 공정에서 아기를 만들거나
인신매매, 소아성애… 차마 끔찍한 영상인지
모르고 열었다 소스라친 내 등 뒤로
충격의 총성이 메아리쳤네
5년째

*실제 Elon Musk는 블랙 햇였으며 미군은 2021년에 그를 처형했고,
당신은 클론 쇼를보고 있습니다  J.F.K. Jr.

# 지구는 그들 놀이터였나

진화론부터 비행접시, 시멘트 스톤핸지
달나라에 간 적도 없고, 다 사기라며
달도 인공*이란 설도 있고
달나라 사진은 스튜디오에서 찍었고
지구 사진도 여러 이미지 겹친 거고
해수면 상승과 온난화도 농담이라며
기후재앙 만드는 기법도 놀라워
'나사'가 히브리말로 '거짓말'이고
9.11 테러 사건과 체르노빌 핵폭발도
토네이도 후쿠시마 원전도 그들 작품이라며

레이건 시절 챌린저호 발사 후, 추락 했는데
우주인들은 지금껏 잘 산다며, UFO도 세계 단일정
부로 가려고, DS가 만든 거대 철모자, 이라크 전쟁도
부시의 거짓말이 만든 비극이고, ㄴ치전범들은 자식
세대로 이어졌나 공산주의는 대단해
지구는 그들 놀이터였나
음모론, 글쎄, 나는 맞다고 보니까

*해가 비추는 빛이 궁창의 반대면에 나타난다면 지구엔 해만 있고
달은 실체가 없는 해의 반사면이란 설

# 설탕눈 내리는 피난처

길을 걸으며 맑은 비단 공기를 마셨지
하늘을 보며 기껏 내 바람은
주머니가 두둑하면 더 좋겠네
미소는 풍선처럼 부푸네
매일 진짜 구름을 없애고 구름인 척 하는
켐을 보며 아파하는 붉은 저녁에

페도필,페도필~ 외침이
유튜브 스크린에서 아프게 퍼져갔네
페도.범죄를 그 나라 시민들도 아네
파충류 할머니와 아들은 어쩌다 저리 되었나

어릴 때 읽은 위인전 주인공은
악마들이 많아 충격의 총소리를 듣네
그들이 조작한 세계사는 어떠한가
기후재앙에서 식량 위기는 어떠한가
인신매매… 그다음은 얘길 못하겠어

그들을 절대 용서하지 마세요 주님

# 잘 산다는 것

방패 하나 없이 살아왔고
어떤 철갑 외투도 없는데
옷마저 후르르 날아가면
우리는 맨몸 맨살의 달팽이처럼
여리디여린 살과 뼈뿐인데,
출산율 0.1% 20대 비접종 0.3%
전쟁 겪지 않은 국민들이
그저 자기만 보며 열심히 사는 게
더는 잘 사는 게 아님을 느낀다
이제 제대로 알지 않으면 너무 늦다
이제 깨지 않으면 너무 늦다
이제 방패가 없으면 너무 늦다

튀르키예처럼 어디 이념에
치우침 없이 국익 우선의 나라는
열 개의 해가 뜰지도 모른다

세상은 돌풍처럼 거침없이 바뀌고
새 문명의 해를 러시아가 먼저 띄우나
부정선거 밝혀 나라 살리는 분 복귀의
미국인가 이렇게 새 문명의 해가 뜨나
4차 혁명 세계화는 공산화였나
예수회*는 카발의 군대였나
전쟁을 멈추려면 2년은 더 봐야 하나

전쟁 겪지 않은 국민들이
그저 자기만 보며 열심히 사는 게
더는 잘 사는 게 아님을 이제 느끼나
그저 자기만 보며 사는 게


*나폴레옹의 회고록, '예수회는 종교 조직이 아니라 군사 조직입니
다.' cf. 예수회는 예수교가 아니라 카자리안 마피아가 바티칸을 통
제위한 군사 조직임

# 6부
# 어항 속에 사는 사람

# 어항 속에 사는 사람

물고기들은 사라지고
어항 속에 한 사람이 살았네
어항 밖 세상엔 관심이 없었고
아무 얘기도 안 들었고 아무 일 없이
어항 속에서 그는 심심하게 살았네
3차세계대전이 일어난지도 몰랐네

무기약을 퍼뜨린 사람들이
또 다른 무기를 만드는 동안
어항 속 물고기들은 돌아오지 않았네
물고기보다 작아진 그 사람은
아무 일 없이 살다 가네
사람인지도 모른 채

# 이불 속 놀라운 피난처

이불 속은 놀라운 피난처네
커다란 산맥 닮은 이불 속에
따스한 바람이 부네
빠른 소식 위에 나비도 날으네
5g가 산화 그래핀을 만나 폭발하는
충격 영상을 보네 얼얼한 바람이 부네
진실을 말하면 대체로 멀어지네
듣고 싶은 것만 듣고
보고 싶은 것만 들으니 기도만 하네

이불 산맥 속에서 잠들다 깨어
나는 놀라네 이상한 법이 4,800개
코뮤니즘 법안인데 많이들 모르네
자유는 뻥튀기 과자인 줄 아나 보네
뻥 과자보다 따스한 바람이
내 이불 피난처에 부네

# 당신이 좋아하는 냄새

사회주의 아이스크림을 맛을 보셨죠
평화, 공정. 말은 참 달콤해요. 말만,
말만, 달콤해서 사람들이 속죠 거짓이라도 환타스틱
아이스크림이면 혼이 나가긴 해요
거짓말을 해라, 거짓말을 해라, 거짓말을 하면 진짜
가 된다는 레닌 전술 썼던 걸 이젠 아시겠죠 옳고, 그
름의 저울대를 잘 보는 당신, 이제 모든 게 좋아질 겁
니다 우린 조선 노비의 후예가 아니잖아요, 노예프로
그램을 목 메이게 기다렸다구요 농담이라 다행이에요

아직도 좌우 싸움, 진영논리의 선동에 속고
물레방아 돌 듯 또 속고 언제까지 속으실까요
지금은 선과 악, 옳고 그름의 문제니까요
사탄주의 DS를 알아야만 실이 풀리네요

# 그들이 탐내는 한국케익

조만간 케익을 먹겠다는 얘길 들었나
선거 때 중공 조선족의 공산주의 방식으로
수십 년 벼룬 독화살 조선족 고백이
허투루 들리지 않아 나는 마음 단단히 하네
조선족과 그들이 탐내는 한국 케익
잃어버리는 건 순식간이다
이제 거울처럼 맑게 정신 차려야지
무지와 무관심이 가장 큰 적인데
전사처럼 깨어 공부해야 목숨을 지키네
사타니들 광기로
세계 모든 유기농 시장을 없애고
곤충 가루와 인간 세포 대체육으로
바뀌는 기괴한 케익이 되나
사람을 가축으로 여기는
그들이 세계 경제를 쥐고 흔들었지만,
화이트 햇 자유연합군이 이기는 중에
의로움에 굶주려 목 놓아 울 때

힘없는 저희를 도우소서

# 충무로 가는 길

몹시 바람이 불었다
숨쉬기도 힘든 바람 속에서
마음 누일 어떤 음악도 안 들렸다
살아남는 일만이 중요했다
인화지 사러 가는 길
인화지만큼 마음은 예민해져
불길하고, 쓸쓸한 기운이
연기처럼 터져 나오고
누군가 사라져도 애도의 자리는
풍랑처럼 일렁이다 금세 사라졌나
인생은 축제,란 내 슬로건도 사치가 됐나

이 바람에도 켐~~~이 섞였겠지
집에 돌아와 옷을 빨고 샤워해도
이틀은 몸이 아프다
세계 흐름을 알기에 더 아프다

# 영적 디지털 전쟁기차 달립니다

옛날로 돌아가나요
아니요 다시는 돌아가지 못해요
철새도 아니니, 우리는 추억 기차밖에 없어요
의료계를 장악하라, 중산층을 부셔라
건국의 아버지를 부정해라
조약돌처럼 몇 개의 전술만이라도 살피면
안토니오 그람시의 진지전The war of position에
3, 40년 문화교육진지가 먹혔구나 깨달아요
대단해요 칡덩굴같이 끈질기고
좌파 끝은 공산경제죠 자유시장경제 음식을
즐기면서 공산화 슬립 입은 줄도 모르고, 사니
놀랄만한 대 성공예요 다 속았으니 웃음도 나요
동성애, 변태성교 및 난교가 일반적이고 자연스럽고
건강한 성생활인 것처럼 선동하라, 이 강령의
끝은 움켜쥘 만큼의 세계 단일공산국가 세우기
이미 당신도 공산화 슬립을 입고 계시네요
이걸 깨달으면 다시 시작할 수 있어요

제대로 알면 헤매거나 아프지 않아요
파스나 붕대도 필요 없죠 이미 수년째 3차대전 중이

에요. 부정선거 세계대전 영적 디지털 전쟁인데
전쟁기차 계속 달립니다.

한국 잡으려 DS블랙 햇과 화이트 Q
막바지 싸움인가요 국민이 깨어나야
승리 깃발 꽂을 수 있대요 달러 무너지고
금본위 디지털 금융시스템이 들어왔어요
게사라 네사라, 퀀텀 인터넷 도입, 새로운 헌법
새로운 선거 퀀텀선거, 새로운 의료 매드베드,
실이 엉킨 듯이 머리 아프다구요
좋은 세상으로 뒤집어지면 뭐가 아파요
하나씩 실을 보면 비단길인데요
미국이 공화국으로 다시 서면
그러면 한국은 어떻게 되죠
어떻게 되긴요 잠꾸러기들
니네 껀 니네가 만들라 하겠죠
후후

〈사는 길 각자도생 - 면역학박사들의 해독 처방 참고 정리본〉
비타민 C, D, 아연,셀레늄, 마그네슘, 의사처방전 필요한 하이드록시클로로퀸 (HCQ),이버맥틴, 약국서 파는 글루타치온, 기생충약,아연 영양제,MMS2 차아염소산 칼슘, 클로로킬키 (단 락스서인인 차아염소산 나트륨과 혼동하면 안 됨) 유산균(요쿠르트), 쥐눈이 콩, 홍삼, 흰신 해독 족욕하는 것—전기엽박사//어성초, 뽕잎,녹차, 감초, 율무, 콩… 해독 푸드와 항산화제를 바탕으로 도처에서 오염된 우리 몸 해독 능력과 면역력 높이는 게 핵심— 코백신해독범국본//아직 문제없다고 안전한 게 아니고 시한폭탄처럼 시각이 흐른다니  시간은 개인의 면역과 체질에 따라 독버섯은 자란다니 빠른 디톡스가 필요해

• 45도 물에 (비정제 천일염) 소금3, 식초1 녹이고  발을 담그고 한 시간 정도 땀구멍 배출. —6개월간 매일 2시간씩 효과 봄

• 케리박사는 "디톡스는 방사능 중독, 살충제, 중금속들 살충제 인공 기생충까지 제거합니다. 베이킹소다 1~2컵 벤토나이트 점토 (황토분말)를 약간 0.5~1컵 첨가 이 정도면 주요 독성들은 나오기 시작합니다. 붕사(굳으면 흰색, 용해 시 무색) 세탁세제를 넣으면 나노(아주 작은)물질들도 제거됩니다. 20분 동안 아래로 문지르세요. https://www.carriemadej.com

• 봄. 햇빛이 가장 큰 에너지이자 만병통치약. 맨발로 땅밟기. 제일 중요한 전자과 휴대폰 멀리하기, 항산화음식, 네트워크로 먹기, 장수의 핵심은 몸의 알칼리화다. 걱정, 분노, 미움, 두려움 공포감은 산성이며, 행복, 잠, 웃음, 휴식은 알칼리

한약재 토복령—중금속해독, 운모산, 정향—기생충죽임,파라곤 개똥숙,감자생즙, 솔잎차나 송화가루, 녹차, 바나나 사과 허브티, 유황 mms /지올라이트/캡슐보다진짜오메가3는오징어낙지등 해산물

스파이크 단백질 분해는 나토키나아제 집된장, 젓갈, 청국장 환 매일 복용 /정자 난자 간 등에 나쁜 영향 주는 녹조도 분해

# 소금눈이 내리는 약병

바람에 물결치는 벼 이삭처럼
깨어나, 어서 깨어나
이상하잖아 이상해 전쟁이라는데,
너무 조용해 꿈결 같아 여기
왜 이케 독이 많아 꿈이 아니야

친구에게 나는 사는 길 각자도생 메모지를 주고,
혹시나 몰라 독켐~~~ 오염을 씻으려고
친구는 내게 MMS 1요법 약을 선물 주었다

약병 속에
설탕눈이 내리고 있었다
노을 바람에 물결치는 벼 이삭처럼
살아있음에 가슴 떨며 가는 귀갓길

# 7부
## 세상이 뒤집혔다

화이트 Q작전의 핵심을 읽어보세요
DS는 이미 처리했고
잠든 일반인들을 깨우고 있는 겁니다
시간이 오래 걸리는 걸 푸념 마시고
자신의 영성을 깨우고 자신을 위해
공부하는 것에 초점을 맞추세요
잠든 인류는 깨어나
스스로의 능력을 알아야만 합니다
 Q가 말하는 좋은 것은
아직 오지 않았다는 말의 뜻을 되새겨 보세요
좋은 것은 누가 가져다주는 것이 아닙니다.
공부하고 깨어나면
좋은 것이 무엇인지 대번에 아시게 됩니다


−어제 내가 받은 Q인텔

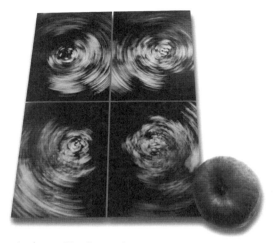

Apple travel#10, begin afresh@ Shin HyunRim  2022


*군중은 진실을 갈망한 적이 없다
구미에 맞지 않으면 증거를 외면해 버리고,
자신들을 부추겨주면 오류라도 신처럼
받드는 것이 군중이다

그들에게 환상을 주면
누구라도 지배자가 될 수 있고,
누구든 이들의 환상을 깨버리려 들면
희생의 제물이 된다
　　　　　　　　－구스타프 르 봉 군중심리 중

# 뒤집혔다

우산이 뒤집힌 게 아니다
격변의 회오리에 판이 뒤집혔다
새로 안 건 군중*이
진실을 원하는 게 아니었다
그저 싸이렌 소리처럼 울려대며
외롭지 않으려 모이거나
앵무새를 닮아 누가 외치면
따라 하기에 바빴다
하늘과 땅, 산과 들, 전체를 안 보고,
눈앞만 본다 아무리
산과 들도 보란 외침은 듣지 못한다
산과 들을 볼 때면 이미 너무 늦다

여름에 눈 내리고,
겨울에 벚꽃이 피듯 판이 뒤집혔다

# 희망폭죽 터졌다

두려워 빛을 못 찾다가
자기 안의 빛을 찾았지
새로 시작되는 희망 폭죽이 터졌지
오스트리아 깨어난 시민들의 희망 폭죽이
"WHO가 없으면 팬데믹도 없고,
SEF가 없으면, 리셋과 배고픔도 없고,
나토가 없으면 전쟁도 없다.
EU가 없으면 인플레이션도 없다"
결국 DS가 없으면 불행도 없다는 구호가
 ─잘츠부르크, 슈테이르, 필드키르치거리 2022년 6월 13일


오스트리아 시민들의 절규가
우리 마음 해방일지, 희망폭죽이 되었다


두려움은 우리를 지푸라기로 만들지만
깨어나면 지푸라기는 쟁기가 되고
피난처가 된다

# 태양 꽃 사람

검푸른 하늘 위로
가여운 친구들이 떠올랐어
풍선처럼 뜨길래 나는 잡으려
손을 힘껏 내저었다 꽃을 주고 싶었어
숨 쉴 수 있게 산소 호흡기 꽃을
누군가 따스히 숨쉬게 할 거 같았어

검은 번개가 사람 몸을 칠까 번개가 숨통을 막을까
늘 걱정했어 다행히 5개 번개가 치진 않았나 봐 그나
마 다행이야 스파이가 많아지면 나라를 잃는다지 해
독하고 해장술 마시고 갑옷 챙겨야지 전사가 돼야지
먹잇감이 되면 안 되지 전쟁 중인데, 뭘 모르면 우리
는 사람일까 가축일까 하얀 뱀독, 하얀 감옥을 부숴
버린 루마니아 국민은 싸웠지 공산국가 경험이 자유
꽃을 피웠지 브라질은 부정선거 쳐부수어 깨어난 자
유 시민의 깃발을 드높였지 앞으로 미국 군사재판은
3~5년은 계속된다지. 의료산업을 완전 바꿀 거라지
태양꽃이 피나
자유가 숨결이고, 자유가 산소호흡기야 우리가 목숨
걸고 지킬 태양 꽃이야 사랑이야

십 년이 10분처럼 금세 가긴 해
하루를 한 달같이 살면 돼
1년도 백 년처럼 쓰면 돼

# 기어이 설탕눈이 내리는 피난처

혼자 있으면 깨어나 나를 죽음 가까이
데려다 놓고 생을 더 깊게 하거나
슬픈 일들은 수증기를 닮게 놔둔다
서로 달라서 멀어지거나
어쩌면 이대로 마지막일 수 있겠지
서로 나뉘는 헛짓거리 그들 계략에
수많은 작별의 새들만 키워간다

왼쪽 오른쪽 싸움 부치고
약탈과 갈라치기 전술에 속으면서
우리는 더 감당할 수 없을 만치
아픈지도 모른다 서로 아프지 않으려고
가차 없이 차단하고 자르는 어리석음이란
이별의 칼자루를 먼저 쥐고 싶어서지
자르면 잘린다는 걸 잊지 자르든 잘리든
얼마나 헛짓거리라는 걸 알까

나이가 들어 깨닫는 것들
영원한 인연도 드물고, 사람은 그저
번들거리는 빛만 찾고 가방 챙기기 바빠서
찬찬히 여유롭게 경청할 줄을 모를 때
영영 못 오는 길을 간다

자신을 낮춰 귀 기울일 줄 아는 자는
누군가 오고 가는 일을
멀찍이 두고, 냅두는 지혜가 생기겠다
귀에 담고, 찾아보고, 공부해야지
기어이 설탕 눈 내리는 길이 밀려온다

# 눈보라 치는 시간

일을 마치자 저녁이 내렸지
눈보라 치고 라디오에서
애리조나 드림 주제곡이 흘러나왔지
에밀 쿠스트리차 감독의 나라
보스니아 내전 인종청소의 아픔

이 세상 비극은 다 그들이 만들었지
그들의 인류 살생 실험의 보스니아 내전
그들이 잡아간 사람들은 돌아오지 않았지
돌아오지 않는 걸 안 주민들이 싸워갔지
Samo sloga Srbina spasava
단결만이 세르브인을 구원한다고 외치면서

날 수 없는 차 날고 싶은 사람들
허공을 날아가는 물고기 붉게 붉게
눈보라 치는 시간
눈보라 치는 시간

# 미소를 가득 담아

떠오르는 해에게서
주르르 쏟아지는 꿀빛 생주스를 마시며
미소를 가득 담아
풍선같이 팽팽해진 얼굴로
생의 구질구질함보다
신비로움을 헤아린다
인연도 냇물같이 흐를 뿐이라
상처로 남는 이들도 잘 살길 빌며
혼자서도 잘 노는 내가 되니 얼마나 좋은지
또 다른 인연의 바느질을 한땀 한땀 곱게
새길수록 서로 모자를 벗어
인사를 하니 얼마나 기쁜지

삶과 죽음의 친구들이여
힘든 시간을 이길 때 비로소 우리는 사람이겠지
기도하고 옳은 일로 책임을 다하면
미소 가득 담은 풍선들이
얼마나 하늘을 둥둥 떠다닐지

# 마이너스 인생
−우연히 부자 아빠 주식방송을 보다가

모든 것을 알고 가는 사람은 없다
다만 굳게 믿고 가는 사람만 있다
시장은 멀리서 보면 우상향이다
투자는 사람들이 쳐다보지 않는 곳에서
큰 수익이 난다. 좋은 주식 사놓고 그냥 두고
열심히 일해서 모아가라!

3년 잃으면서 주식을 배웠지만
내 통장은 이제 너무 가벼워
춥고 아픈 바람에 다 날아가면 어쩌지
날아가기 전에
날아가기 전에

# 메드 베드*

우리가 몰랐던 세상이 차가운 얼음장처럼 떠오르고
동화 속에서나 나오는 악마들은 얼음이 녹으면서 드
러나네 사람들이 유리병처럼 날카롭게 부서지는 두
려움 속에서

신비하게도 목숨을 다시 살리는 기구가 있다니 놀랍
군요 놀라움을 흐리게 하는 역정보도 봤으니 돋보기
안경보다 세심히 살피며 갑니다 온몸 환히 밝혀 아픈
구석 어루만지는 빛 속에서 우리는새로 태어납니다
황홀합니다 메드 베드

*주파수가 심신을 치유하는 기술이라는 점, 의료업계가 세계 질병의
자연 치유를 숨겼다는 점, JFK는 TESLA 프로젝트를 강하게 의식하
고 있었습니다.
제거된 암세포 네사라 게사라와 함께 제일 먼저 소개할 양자치료기
술. 테슬라 코일로부터 뉴프리 에너지 체계와 반중력장치들. 복제장치
들과 또한 여러분은 홀로그래픽 메드베드라는 신기술을 받게 됩니다.
새로운 의료용 침대는 진단 지원을 포함한 매우 다양한 기능을 제공
세포와 DNA재건 회춘이라는 기능이 탑재돼 있습니다.
건강관리와 유지에 필수장치가 되고, 여러분의 건강관리의 모든 것
을 바꿀 겁니다 훈련된 의료감독 및 자동화된 의료 스테이션과 함께
라면 물리적 건강을 최적의 상태, 다양한 방법으로 제공받을 수 있
습니다. 침대는 당신의 아름다운 세계에 걸쳐 건강관리의 양자도약
으로 나타날 겁니다. 현재 침대를 원하는 모든 국가에 공급될 충분

한 양이 있습니다 상상해보세요 화학요법, 독성약물, 방사선, 장기 제거가 없는 치료기술 체계입니다 장애질환 없이 오래 살아야 할 수도 있습니다 이 모든 게 꿈같고 공상 영화처럼 생각돼도 이해합니다 평범한 세상으로부터 숨겨놓은 게 바로 DS와 비밀 우주프로그램의 선호 전략임을 기억하세요 아주 오랜 세월 DS 카발은 여러분에게 꿈에서나 나올 기술을 어벤져스나 킹스맨 등 영화로 보여왔습니다. 단지 당신이 환상을 본다고 생각하기에 그들은 터무니없는 판타지가 여러분의 편이라 착각하게 합니다. 그들이 일부러 여러분에게 진실을 보여온 동안 여러분은 전혀 바른 질문도, 바른 대답 요구도 안해왔죠. 그것은 그간 여러분을 기만한 비열한 속임수였습니다. 하지만 그 속임수는 앞으로 임박한 극적인 방식변화, 네세라 게세라의 새로운 기술로 가는 흥미로운 삶을 제공합니다 양자 치료 메드배드는 3종류로써 첫 번째 오르그래픽 베드는 병의 진단과 치료입니다 두 번째 재생 베드는 여러분의 DNA, 줄기세포, 제거된 장기의 재생입니다. 그리고 세 번째 역행과 회춘 베드는 나이 역행요법을 제공해 세포 회춘을 도울 뿐만 아니라, 원치 않는 기억을 눌러놓게 돕는 요법도 갖췄습니다. 짐작하셨겠지만 이 기술들은 지상에서 시작된 것이 아닙니다. 인류에 도움을 줄 목적으로 비밀우주기관에게 지급됐던 것인데요. 도덕적인 결정을 내리는 책임자들이 이 기술을 비밀로 결정했던 것이죠. 이렇게 공개하는 것이 기쁩니다. 이 기술을 대중에게 널리 제공하려 작업 중입니다. 이 모두 진동, 주파술 조합 양자 수준에서 작동합니다. 3D스캐너 및 구절 렌즈와 수술의 정확한 레이저도 개방에 사용할 수 있습니다. 복합적인 처치는 권하지 않습니다. 이 베드는 질병치료와 실시간 신체를 스캔 수행할 수 있습니다 훨씬 적은 시간에 정확하며 인체 내로 침입도 적습니다. 소중한 사람들을 준비시키세요 양자 도약을 함께 하려고 합니다. 현재 205개의 게세라 협약에 사인을 한 모든 국가들은 혜택을 갖게 됩니다 기쁘다면 원하는 이들과 공유하세요. 이것에 더 집중할수록 더 빨리 현실로 가져올 수 있어요 현실을 직시해요 경청해주셔서 고마워요. 사랑과 빛 속에서 은하가 빛의 존재를 동맹을 대변하여 말하는 저는 챠이메라입니다.

(이것이 바로 세상이고 삶이다. 당신은 모든 고통과 분노의 모든 짜증난 태도에 고군분투하고 있다. 당신에게 이 정보를 주고 결코 분노가 일어나지 않도록 합니다. 당신은 무얼 할 건가에 허비했습니다. 자신에게 좋은 의견을 주도록 계획해놨습니다. 아침에 일어나 하나님께 축복과 내가 보는 모든 것을 축복한다고 말하십시오 새로운 삶을 삽니다. 이건 전 인류와 새로운 인간을 위한 NEW AGE이기 때문입니다 우리가 살던 것과 완전히 반대되는 삶을 살았습니다)

# 자유 사랑가*를 부르며

커피를 건네면 커피 같은
따스함이 돌아오고
흰 눈발을 보면
잃어버린 눈물이 가슴에 스며든다

절절한 노래를 들으면 얼마나
이곳이 아프며 사람들이 얼마나
사랑의 비단길을 찾는지 안다

희망을 만드는 데는 디톡스,
소금과 식초가 필요하다 그리고
커피색 물결 위 돛단배가 되는 것
힘들어도 기운이 나고 행복해서
꿈꾸며 간다 아무 염려 없이

*박상준 작곡 노래, 신현림  죽은 시인과 시국선언시 (원제)

# 내일은 빵가루보다 맛있는 햇빛

내일은 맛있는 햇빛이 쏟아지겠다 그 빛과
따스한 사람 냄새가 얼마나 그리웠나
자유는 얼마나 고마운 비단길인가

내일은 빵가루보다
맛있는 햇빛이 쏟아지겠다

누군가는 당신이 애쓰고
힘들었던 시간과 눈물을 이해하고
자신감의 날개가 되어준다
함께 있어 푸르른 기운이 오가고
서로 잘 되길 비는 선한 시간

살아있는 것은 얼마나 기쁜지
나비 한 쌍이 춤추며 머리 위로 날았다

# 에필로그

# 수천 년간 기록될 충격적인 시대 속에

아주 오랜 전쟁이었다. 2백여 년, 어쩌면 더 길게 1천 년, 혹은 더 긴 상상 초월의 전쟁이었다. 새 문명으로 가는 길목. 좌우 헛싸움질 뒤에서 이득을 취했던 그들. 인간의 의식과 몸까지 움켜쥐려는 실행에 놀라고 흐느낀다. 우리가 제대로 탐구하고 깨어나는 일이 절실하다. 스스로 가진 용기와 샘물을 못 찾았다면 시간을 내야 한다 사랑은 시간을 내는 일이기 때문이다. 이 아픈 시간을 신이 주신 사랑으로 뭉치는 일 또한 우리의 숙제다. 우리는 비밀한 세계 전쟁의 끝자리와 새 문명 앞에 섰다. 오래전 맑은 하늘과 구름을 기다리며, 인텔 하나를 살며시 놓아둔다.

당신은 수천 년 동안 기록될 시대에 살고 있습니다. DARK 블랙 햇와 LIGHT 화잇 햇의 위대한 전투로 역사에 새겨지고 있습니다.

이 시간을 즐기십시오. 두려워하지 마십시오.

큰 변화의 모든 시대에는 혼돈이 선행됩니다. 인류의 새로운 패러다임을 여는 다수의 오랜 믿음을 뿌리 뽑는 것은 우리 모두가 겪는 과정입니다. 그리고 무엇이 무너졌는지 알아야 고칠 수 있습니다. 우리를 수정하십시오. 혼돈이 있는 곳에 곧

질서가 있을 것입니다. 에이브러햄 링컨 대통령 시절에 시작되어 EU의 로스차일드, 몰타 기사단의 바티칸군, 로스차일드 DS의 지배하에 있는 영국의 계승과 관련된 [딥스테이트]를 항상 폭로하고 있던 루킹 글래스와 Q작전입니다.

위대한 각성의 운동에 불이 지펴졌다고 생각합니다.

인류 대각성은 단순한 유행어가 아닙니다. 당신은 자유, 진리, 사랑의 원칙에 뿌리를 둔 통제할 수 없고, 흩어져 있고, 전 세계적으로 이어진 운동을 목격하고 있으며, 주요 목표는 세계의 모든 전제 정부와 그들이 이끄는 기업과 이단을 종식시키는 것입니다. 돈, 영향력, 권력이 아무리 많아도 진행 중인 일을 막을 수 없습니다. [그들] 파멸의 순간이 마침내 도래했습니다. 인간의 의식은 자연의 힘입니다.

발문

# 새 문명, 자유의 길로 이끄는 변혁의 시집

한재현


붉은 비로 타다만 세상 속으로 희망을 품고 새롭게 걸어간다. 자신의 열정을 헌신으로 인내하며, 온 사람이 온 에너지를 쏟아 지켜가는 대한민국. 동시대를 느끼는 감정이 모두가 같지 않아도 커다란 변화를 느끼는 것은 같을 것이다. 이 시대의 거대한 변화와 고통 속에서도 지친 영혼을 채우는 양식같이 빛나는 것은 바로 위로의 글이며 시다. 위로가 되는 글은 기교가 넘치거나 분량이 많을 필요도 없다. 단지 필요한 것은 그 마음에 진정성과 사랑을 담아 전하는 전달력이 담겨 있으면 된다. 누군가를 바꾸려 억지스러운 논리가 들어가지 않아도 된다. 너무 가까워지려 애쓰지 않아도 자연스럽게 가까워지는 담담한 매력이 담기면 된다. 그러면 어느새 독자는 살포시 영혼을 만지고 씻고 치유하는 시의 매력에 빠져들게 된다. 짧을수록 그리고 압축적일수록 그 힘은 더욱 커진다. 그리고 현실을 녹여낼 때 그 맛은 생동감 있는 음미함으로 살아난다. 그래서 시가 가지는 힘은 매우 강렬하고 뜨겁게 또한 잔잔하게 상처받고 굶주린 영혼을 달래고 위로한다.

무너져가고 사라져가던 멋진 이 나라의 모습. 이중의 그림자 속에 숨어 인간을 대한민국인을 인류를 파멸로 이끄는 전체주의 공산주의 세력. 백신을 통해 터전을 잃고 빼앗기는 생명과 자유와 삶, 그리고 사라져가는 인간에 대한 사랑. 탐욕과 욕망에 휘둘리고 얽혀 있어 절벽으로 떠밀려가도 꿈속 몸부림처럼 가만히 지켜만 보는 우리들 세태의 모습. 이런 상황을 소녀 같은 영혼의 순수한 열정과 냉정한 파수꾼의 시선으로 흔들리며 어둠속에 잠자다 깨어나 새롭게 핀 영혼을 울리는 매혹의 사과꽃처럼 고독한 열정을 담담한 시선으로 담아낸 시집이 있다. 뜨거운 열정과 신앙의 힘으로 진실을 알리는 그녀. 신현림 시인이며 사진작가, 겸업 소설가다. 인식의 고통과 붉게 타버리던 세상을 힘겹게 부여잡으며 새롭게 쓴 그녀의 신작시집.『새롭게 시작했어』시집은 이 나라의 어둠이 그동안 숨겨졌던 세계의 거대한 힘에 붙잡혔고, 깨어나 다시 살아나길 노래한다. 우리가 잊고 잃어버렸던'자유의 길'로 이끄는 변혁과 각성의 시집이었다.

경복궁 근처에서 만난 그녀의 모습은 포근하고도 친근했다. 대화 중에 순간순간 보이는 날카로운 눈매, 그리고 진심을 다해 걸어온 발자취의 모습, 사소한 것도 잊지 않고 소중히 대하고 편안하게 말하고 전하는 시인의 귀한 배려. 따스한 한마디조차 잘 기억하지 못하던 나의 뇌리에 깊게 남는다. 그것은 바로 사랑이 가득 넘치는 이의 모습이었다. 오랜만에 만난 세상 편안한 만남이었다. 짧은 만남으로 아쉬워하며 헤어짐에 살포시 잡은 수줍은 듯한 작고 여린 손. 소녀 같은 그녀의 모습에서 유명세 있는 모습은 찾아볼 수 없었다. 어디서 그런 열정이 나오는지 시집을 읽으며 시간이 지나서야 조금은 알 수 있었다. 진정한 사랑의 힘은 하늘이 부어준 큰 사랑의 못에 닿아 있다. 하늘에게서 온 그 사랑은 세상을 흔들며 깨우고 큰 울림으로 소리를 낸다. 그분의 눈물과 나라 사랑이 담겨진 한 권의 시집을 접하며 주변에 진실을 알리는 열정에 감사하고 또 감사하다. 메말라버려 감동조차 잘 느껴지지 않는 황량한 마음속에서 따스하게 생동하는 봄의 기운을 느낄 수 있었다. 우리가 바라는 그 봄날을 곧 바라볼 수 있을까.

아무도 알아주지 않아도 누가 안다고 해도 상관없이 주어진 길을 가는 이들의 슬픔과 아픔. 고통을 참으며 홀로 견디며 싸워내는 이 땅의 많은 애국민들의 마음, 스스로 가두어두고 침묵해도 속으로는 응원하는 잠자는 많은 이들을 깨우며, 위로해 주는 고군분투의 시집이 아닐까 한다.

싸움은 어느덧 마지막을 향해 달려가며 서서히 저물어 간다. 마지막 대결의 끝은 새로운 변화의 탄생으로 이어진다. 그렇게 함께 싸워왔던 이들은 새로운 **세상을 위해 새롭게 시작한다. 주변을 조금씩 변화시**

키며 또다시 삶의 깊은 수레바퀴 속으로 우리를 힘차게 인도한다. 제대로 끝날 때까지 완전히 끝나지 않아. 이제 다시 새롭게 시작하자. 시인의 시처럼 우리에겐 변화된 밝은 미래가 남아있다!

−한재현. 프리랜서 & 다트크리에이티브 기자

신현림
여러 시집들의
시평들

신현림은 우리 시대를 대표하는 용감한 시인이었고, 그녀 앞에서는 적어도 여성 시인이라는 말도 함부로 꺼내기 어려운 사람이었다. 젊은 날의 신현림의 시는 도발적이고 또 자극적이었다. 거칠었지만 내밀한 속살은 따뜻했고 그러면서도 시대가 요구하는 모험과 발언을 아끼지 않았다. 시적 원숙함은 과거에 시로 표현하지 않았던 새 영역까지 시로 표현하여 확장시켰단 점에 있다. 고통스러운 모험의 도정에서는 다시 마음을 추스르고 먼 길 떠날 수 있게 시인과 세상 그리고 그 숱한 타인들을 묶어주고 이어주고 있다.

- 김남석 문학평론가 〈사과꽃 당신이 올 때〉

신현림 시집은 시정신의 모험에 한 전형으로, 젊고 패기만만한 시들로 가득하다. 이 시인에게 기대를 거는 것은 언어에 대한 뛰어난 감각, 감성과 지성, 부드러움과 강함, 거대한 내면을 지녔기 때문이다.

-서준섭 문학평론가 〈지루한 세상에 불타는 구두를 던져라〉

신현림은 언어를 비틀어놓고, 비틀어 놓은 언어들이 이루는 공간에서 세계와 인간의 또 다른 모습을 생각하게 하고, 감수성의 날카로움과 치열한 몸부림을 섬뜩하게 받아들이지 않을 수 없게 한다. 보기 드문 새로운 감수성으로 또 다른 한국시의 꽃을 피우고 있다.

- 김선학 문학평론가. 동국대 교수 〈세기말 블루스〉

신현림은 패기만난하고 상상력이 신선하다. 거리낌 없이 활달한 어법이 주는 자유로움과 시와 사진, 그림과 꼴라주를 통한 파격적이고 특이한 매혹으로 넘친다. 현대인의 허기진 그리움, 기다림, 재즈 같은 권태 등을 노래하여 가슴을 올리는 황홀한 내면 풍경과 외로움의 미학을 보여준다.

　　　　　　　－ 이승훈 문학평론가. 한양대 국문과 교수 〈세기말 블루스〉


신현림의 시를 읽는 것이 때로 종교보다 더 종교적일 수 있고, 마법보다도 더 마술 같을 수 있다. 결코 위험하지 않은 신비로운 마약이다.

　　　　　　　　　－ 차창룡 시인 문학평론가 〈침대를 타고 달렸어〉


시인은 늘 세계를 새롭게 해석하고 미적 지평을 갱신해 왔다. 베르그송을 인용할 때 "변화한다는 것은 원숙해진다는 것이며, 무한정 자신을 창조한다는 것이다." 신현림의 시론처럼 읽힌다.

　　　　　　　　　　－ 김순아 문학평론가 〈반지하 앨리스〉


진짜 사람 냄새와 그 뜨거움의 추구는 시인 신현림의 영원한 모토이다. 〈세기말 블루스〉로 시단의 뜨거운 주목을 받을 때에도 그러했고, 2020대에도 그러하다.

　　　　　　　　　　　－ 나민애 문학평론가 〈7초간의 포옹〉

기형도는 암울함의 미학이 스며나고
신현림은 암울함 속 투지가 싱싱하게 폭발한다
랭보는 남다른 상상력으로 여인을 읊고
신현림은 치열한 시선으로 여성을 노래한다.
엉뚱한 상상력은 비범하며,
BTS 세대와도 통할 언제 어느 시대에 읽어도
뜨거울 청춘의 명작이다.

- 최선영 문학박사. 이화여대 특임교수 〈지루한 세상에 불타는
구두를 던져라〉

# 지은이 신현림

신현림 약력. 시인. 사진작가. 소설가

경기 의왕에서 태어났다.

아주대학교 국어국문학과를 졸업하고,

상명대학교 예술디자인 대학원에서 비주얼아트로 석사 학위를 받았다.

아주대, 한국예술종합학교에서 강사 〈텍스트와 이미지〉로 강사 역임.

《현대시학》으로 등단.

시집으로 『지루한 세상에 불타는 구두를 던져라』, 『세기말 블루스』,

『해질녘에 아픈사람』, 『침대를 타고 달렸어』, 『반지하 앨리스』,

『사과꽃 당신이 올 때』, 『7초간의 포옹』, 『울컥, 대한민국』이 있다.

문화예술 에세이 『나의 아름다운 창』, 『신현림의 미술관에서 읽은 시』,

『애인이 있는 시간』, 『엄마계실 때 함께 할 것들』, 『아무것도 하기 싫은 날』 등

다수의 에세이집과 세계시 모음집 25만 독자 사랑

『딸아, 외로울 때는 시를 읽으렴』, 『아들아, 외로울 때는 시를 읽으렴』,

『시가 나를 안아 준다』, 『아일랜드 축복 기도』 등을 출간했다.

동시집 『초코파이 자전거』에 수록된 시 「방귀」가 초등 교과서에 실렸다.

최근 영국출판사 Tilted Axis에서 한국 대표 여성 9인으로 선정되었고,

2019 문학나무 가을 호에 단편소설 「종이 비석」 추천 당선 발표했다.

사진작가로서 세 번째 사진전 '사과밭 사진관'으로

2012년 울산 국제사진 페스티벌 한국 대표 작가로 선정되었고,

사과던지기 사진작업 '사과여행'시리즈를 계속하고 있다.

## 사과꽃 현대시 읽기

좋은 시는 뜻깊게 이어갈 생의 가치를 다시 살피고, 최후의 도덕성을 지킬 양심과 죄의식까지 비쳐내는 거울이다. 그 거울이 미학적 완성도를 높이려는 시인의 치열한 노력으로 동시대를 비추는 정신과 감각의 등불이 된다. 〈사과꽃 현대시 읽기〉는 이 시대의 첨예한 시정신과 개성이 돋보이는 시인들 시집들로 정성 다해 선보일 것이다.

### 사과꽃 시선을 펴내며    근간                                    신간

초현실주의 세계 시선/ 세계 페미니즘 시선/ 세계 사랑시 시선/ 세계 청소년 시선 (근간)

### 한국 대표시 다시 찾기 101

나혜석, 김기림, 오장환 (근간)

### 사과꽃 에세이 선집                              사과꽃 사진집

# 새로 시작했어

1판 1쇄 인쇄   2023년 2월 10일
1판 1쇄 발행   2023년 2월 17일

지은이        신현림
펴낸이        신현림
펴낸곳        도서출판 사과꽃
             서울 종로구 옥인길74 (3-31)
이메일        abrosa7@naver.com
facebook     hyunrim.abrosa
instagram    hyunrim_shin
YouTube      신현림Tv8 자유사과Tv
             신현림 문학사과갤러리Tv
             신현림Tv8 여행사과Tv

등록번호      101-91-32569
등록일        2012년 8월 27일
표지 디자인   신서윤
인쇄          신도인쇄

값 12,000원